I0686814

LES RIVAUX

AU CARDINALAT

OU

LA MORT DE L'ABBÉ MAURI;

LES RIVAUX

AU CARDINALAT,

OU

LA MORT DE L'ABBÉ MAURI,

Poème héroï-comique, en trois chants,

Par DORAT-CUBIÈRES.

De toute fiction l'adroite fausseté
Ne tend qu'à faire aux yeux briller la vérité.

BOILEAU.

A PARIS,

De l'imprimerie d'URBAIN DOMERGUE, rue
St.-Thomas-du-Louvre, maison d'Orléans.

1792.

L'an 4 de la liberté.

AUX MANES DE DORAT.

Pardonne, auteur que je révère,
Pardonne, si j'ai pris ton nom !
J'eus toujours le désir de plaire,
Et je t'ai choisi pour patron.

PRÉFACE.

C'est l'article ITALIE de la gazette universelle du 6 novembre 1791, qui m'a fourni l'idée du poème Héroï-Politico-Comique que je publie. Cet article nous annonce, sous le titre d'extrait d'une lettre de Rome, du 18 octobre 1791, que personne ne sachant encore quel heureux mortel seroit décoré de la dépouille de M. de Loménie, Pasquin, ayant appris qu'on la destinoit à M. l'abbé Maur, avoit sollicité le chapeau de cardinal pour lui-même, et qu'en exposant ses titres au saint père, il lui avoit fait un discours extrêmement ingénieux. Ce discours est cité en entier dans l'article que je rappelle, et j'ai cru n'avoir rien à faire de mieux que de le fondre en entier dans mon poème. La nomination d'un cardinal, étant une véritable pasquinade, j'ai regardé comme une bonne fortune de pouvoir y faire entrer Pasquin pour quelque chose, et j'ai broché sur tout cela une fable qui n'a pas trop le sens commun ; mais qui peut-être égaiera quelques bonnes ames, et n'est-ce pas avoir cause gagnée que de faire rire ses concitoyens, dans un moment de troubles et de calamités où ils ne sont que trop disposés à un autre sentiment?

Quand j'eus achevé cette bagatelle, je m'empressai de la lire à la société délibérante des

A

amateurs de la langue française fondée par
Urbain Domergue, et présidée par M. Moreau
de Saint-Méry, ancien député à l'assemblée
nationale constituante. Urbain Domergue,
ayant fait dans la grammaire à-peu-près la
même révolution que Mirabeau dans la politique, Urbain Domergue étant à mes yeux le
Solon de la langue française, je voulus savoir son avis sur ma pasquinade poétique ; je
voulus en profiter sur tout, et m'éclairant de
ses lumières, donner à mes foibles vers toutes
les graces qu'ils n'ont pas : voici, après l'avoir
entendue, le jugement qu'il en porta dans
son journal, numéro XVIII du trimestre de
janvier de cette année 1792.

« La séance s'est ouverte par la lecture d'un
poème où l'abbé Mauri, prétendant au cardinalat, rencontre pour compétiteur Pasquin,
dont les titres lui font remporter la victoire.
L'auteur, Dorat-Cubières, m'a paru avoir em-
ployé des teintes trop fortes pour peindre les
amours de l'impétueux abbé et de la tendre
Rosalba ; un nuage devoit couvrir les em-
brassements du Jupiter du côté droit et de la
Junon romaine. Je ne trouve pas le bon goût
où je ne vois pas la décence. Cet ouvrage,
d'ailleurs, petille d'esprit, et renferme dans
des vers heureux de fines allusions aux af-
faires du temps ».

Je pourrois répondre à Urbain Domergue
qu'il n'y a pas un seul mot obscène dans
mon poème, et que là où il n'y a point d'obs-
cénité, la décence est rarement et difficilement blessée. Je pourrois lui citer les poèmes

italiens du Mauro, du Dolce, du Berni, du Tassoni, de l'Arioste, sur tout de l'archevêque de Bénevent, la CASA, ou DELLA CASA, et lui dire qu'ayant travaillé dans le genre de ces auteurs célèbres, je n'ai pas dû peut-être montrer plus de sévérité que mes modèles. Qui ne sait pas en effet que cet archevêque de Bénevent, dans son CAPITOLO DEL FORNO, décrit sous l'allégorie d'un four tous les plaisirs que l'amour procure, et si un archevêque a eu la hardiesse de peindre des choses qu'il devoit ignorer, pourquoi n'aurois-je pas le droit d'imiter un archevêque, moi qui n'ai jamais été que simple tonsuré, et qui, depuis si long-temps ai jeté le froc aux orties ? M. Urbain Domergue veut-il que je devienne capucin, au moment où l'on détruit les capucins, et veut-il faire un couvent de nones et de prêtres non sermentés de la société délibérante ?

J'estime infiniment M. Urbain Domergue ; sa morale n'est point celle d'un casuiste de l'autre siècle, ou d'un janséniste de celui-ci ; je pourrois cependant répondre au reproche qu'il m'a fait, je ne sais trop pourquoi, je pourrois, dis-je, lui répondre que les poètes anglois n'ont pas été plus timorés ni plus réservés que les poètes italiens dans leurs comiques épopées, et l'Hudibras du célèbre Butler trouvera difficilement grace devant lui, s'il faut en retrancher tout ce qui peut blesser ses pudiques oreilles. Ne faudroit-il pas jeter au feu, pour les mêmes raisons, le poème le plus amusant, le plus gai, le plus ingénieux de l'immortel Voltaire, et peut-être son plus beau titre à la gloire ? Boileau enfin, cet homme si irréprochable du côté des mœurs, et qui, s'il faut en croire une certaine anecdote, eut le malheur de ne pouvoir jamais commettre en amour même aucun péché véniel, Boileau, dis-je, n'a-t-il pas risqué dans le lutrin des peintures presque licencieuses ? Et n'y trouve-t-on pas les vers suivants dans la bouche de sa perruquière?

Quoi! d'un œil sans pitié vois-tu couler mes larmes ?
Au nom de nos baisers jadis si pleins de charmes,
Si mon cœur, de tout temps, facile à tes désirs,
N'a jamais d'un moment différé tes plaisirs ;
Si, pour te prodiguer mes plus tendres caresses,
Je n'ai point exigé ni serments ni promesses,
Si toi seul, en mon lit, enfin eus toujours part, etc.

Je pourrois encore citer bien d'autres autorités qui rendroient ma muse aussi pure et aussi blanche qu'une jeune et innocente nonette ; mais il n'y a que le tribunal de la pénitence qui puisse laver d'aussi grands péchés, et comme le saint temps de pâques n'est pas loin, j'irai humblement avouer ma coulpe à mon directeur ordinaire ; je ferai même plus, si, par hasard, il ne veut point m'absoudre, je ferai une seconde fois le voyage de Rome ; mon abominable poème d'une main, et un crucifix de l'autre, je me présenterai au saint-père dans la plus humble posture, et lui offrant avec componction mon œuvre de Satan : tenez, lui dirai-je, saint-père, prenez et lisez;

lisez un ouvrage qu'un philosophe français a osé condamner, et osez le condamner vousmême. Il pourra bien se faire qu'après m'avoir lu, le violent Pie VI m'envoie à tous les diables ; mais Urbain Domergue en sera-t-il plus excusable de m'avoir dénoncé ? Sera-t-il bien aise de mériter à son tour le reproche renfermé dans ce vers si connu :

Quidquid delirant reges plectuntur Achivi.

On m'a fait un reproche beaucoup plus grave, reproche qui tient à la délicatesse, à la sensibilité, et aux principes de loyauté et d'honneur dont j'ai fait profession jusqu'à présent. Hé quoi ! m'a-t-on dit, vous qui dans la plupart de vos écrits, avez affiché tant de mépris et de haine pour la satyre, vous qui n'avez jamais souillé votre plume par des épigrammes, vous composez un poème satyrique contre un citoyen qui ne vous a jamais offensé, contre un citoyen absent et qui ne sauroit se défendre, et vous attaquez un ennemi qui n'est pas en garde contre vous ! N'est-ce pas, pour ainsi dire, battre un homme à terre, et montrer autant d'injustice que de lâcheté ?

Je mériterois ce reproche sans doute, et je serois bien honteux de le mériter, si, avant la révolution, j'avois publié mon poème, si, depuis la révolution, M. l'abbé Mauri n'avoit point mérité lui-même tous les traits que j'ai décochés contre lui ; mais n'est-il pas aisé de voir qu'il y a deux hommes dans l'abbé

Mauri depuis cette révolution immortelle :
l'homme privé et l'homme public , et que c'est
l'homme public seulement qui a excité mon
indignation poétique et mon patriotique courroux ? Ce n'est pas M. l'abbé Mauri , homme
de lettres ; ce n'est pas même M. l'abbé Mauri
prédicateur du roi que j'ai voulu attaquer. Je
suis convenu, il y a long-temps, et je conviens
encore qu'il a des droits à mon admiration ,
considéré sous ces deux aspects , et que ses
travaux littéraires et évangéliques lui ont justement acquis une place à l'académie française et une place dans le paradis. C'est à M.
l'abbé Mauri , défenseur de tous les abus dans
l'assemblée nationale constituante ; c'est à M.
l'abbé Mauri, membre le plus emporté et le
plus ardent du côté droit de cette assemblée
que j'en veux ; c'est au plus mortel ennemi de
la patrie , de la raison et de la liberté que je
déclare la guerre , en qualité d'ami de la patrie , de la raison et de la liberté, c'est le député de Péronne enfin et non l'académicien
français que ma muse dénonce à l'Europe
entière comme indigne , même du cardinalat,
honneur dont s'embarrassent peu les honnêtes
gens.

Quel est en effet le citoyen vertueux qui ,
en ce moment de régénération et de nais-
sante liberté, ne se trouve pas envers M. l'abbé
Mauri à peu-près dans la même situation où
se trouvèrent jadis les Horaces envers les
Curiaces, et quel est le véritable ami de la
constitution et des lois , qui ne pourroit pas
lui dire :

Albe vous a nommé ; je ne vous connois plus.

M. l'abbé Mauri est loin, à la vérité, d'avoir les vertus de Curiace ; mais il a combattu pour Albe contre Rome ; mais il a été l'agresseur le plus audacieux des romains nouveaux qui habitent les rives de la Seine, et que faut-il de plus pour le combattre, pour le tuer même, si l'on peut, non pas avec des armes offensives et cruelles, telles que des lances ou des pistolets ; mais avec de légers hémistiches, qui ne pourront blesser tout au plus que son amour-propre, sans rien diminuer de son embonpoint, et qui surtout ne l'empêcheront pas de se défendre, supposé qu'il en ait la volonté ?

Suis-je le seul, en un mot, qui ait osé me moquer de l'abbé Mauri depuis qu'il a été à Rome mendier le chapeau de cardinal ? N'at-il pas été en butte, depuis ce moment, aux railleries les plus amères de la part des parisiens éclairés, et de la part des romains qui s'éclairent ? Et faudroit-il conclure qu'il n'y a que des hommes pervers dans Rome et dans Paris, parce qu'on y a ri ouvertement et à gorge déployée des prétentions ridicules du plus ridicule prestolet ?

Qu'on lise le portrait suivant du député de Péronne, portrait que je tire de l'ouvrage intéressant que M. Verninac a composé sur les troubles d'Avignon, et l'on verra si, parmi les innombrables détracteurs de l'abbé Mauri, je ne suis pas un de ceux qui l'ont le mieux traité.

« C'est ainsi que les représentoit à l'assemblée nationale » (les commissaires médiateurs)« cet apôtre intrépide des abus et des préjugés, cet homme à qui le clergé, attaqué dans son existence politique par la philosophie, et dans ses biens, par les besoins de l'état, avoit commis la tâche de le défendre, et qui, dans cette guerre, où pour n'être point vaincu, il eût fallu réunir la force de Bossuet, l'ame du bienveillant Fénélon et la finesse de Pascal, n'apporta qu'une facilité verbeuse,et un luxe mal-entendu de mémoire; gladiateur mal-habile, qui n'entra jamais dans l'arène sans prêter le flanc à son ennemi ; épuisant toujours sur un poste désespéré des forces susceptibles d'en sauver un autre ; contempteur secret de la cause qu'il étoit chargé de défendre, dont la profession de foi sur cette cause étoit de croire à ses bénéfices ; lui sur qui Rome paroît avoir placé de hautes espérances ; mais qui plus fougueux que Boniface VIII, plus impérieux que Sixte-Quint plus ambitieux que Jules II, plus imprudent qu'Innocent XIII, achèvera sans doute de perdre l'héritage de Grégoire VII, et hâtera l'instant où le peuple de Rome, se rappelant que ses ancêtres n'obéissoient pas à un prêtre de la bonne déesse, doit ouvrir le testament de Brutus. Ce défenseur intéressé du saint-siége, se porta l'accusateur de la médiation ».

Que n'ai-je la faculté d'insérer dans cette préface toutes les plaisanteries excellentes que s'est attirées le député de Péronne de la part des citoyens les plus recommandables par leur probité et leurs talents ! Cette préface deviendroit un gros livre, et ce n'est pas un gros livre que je veux faire. Puisse donc le lecteur se contenter du quatrain suivant, quatrain qui dit beaucoup en peu de mots, et qui caractérise l'abbé Mauri mieux que ne pourroit le faire une longue suite de volumes. C'est M. des T.... auteur de poésies agréables, qui l'a composé; c'est M. des T..... soldat citoyen et connu sur tout par son patriotisme :

Dans le monde, au sénat, partout il fut honni :
Prêtre-athée, il se vend aux despotes du Tibre,
Et vit déshonoré, mendiant et banni,
    De peur de voir son pays libre.

Faudra-t-il, après avoir lu ce quatrain, après avoir lu l'ouvrage de M. Verninac, après avoir lu mon poème et les innombrables brochures sur lesquelles des journalistes patriotes et des auteurs, amis des lois, ont, pour ainsi dire, enseveli le député de Péronne, faudra-t-il, dis-je, les condamner tous ces ouvrages, ainsi que leurs auteurs, et faire un bel autodafé de tous les ennemis d'un prêtre qui veut, dit-on, nous faire brûler, nous excommunier, même par l'ordre du DULCI-LAMA, et qui fabrique, en ce moment, contre nous, la plus épouvantable des bulles ? Je ris quand je songe au visage refrogné de certains hommes de bien auxquels j'ai lu mon poème et du scandale qu'il leur a causé. L'abbé Mauri cabale à Rome contre nous, et nous n'aurions pas même le droit de prévenir ses attaques par le ridicule ? et le droit de défense deviendra nul quand il s'agira de repousser les atteintes de l'abbé Mauri !

Mon poème, d'ailleurs, est dans le genre burlesque ou bernesque, c'est-à-dire, dans un genre qui ne prouve rien, et si les chanoines que Boileau a peints dans le lutrin, n'ont pas eu le droit de se fâcher, les amis de l'abbé Mauri l'auroient-ils davantage, et M. l'abbé Mauri lui-même pourroit-il trouver mauvais d'être le héros d'une plaisanterie dont le fond est entièrement fabuleux, et qui n'a jamais eu de réalité que dans l'imagination exaltée de quelques satyriques romains? c'est à eux qu'il faut s'en prendre et non pas à moi, si j'ai donné Pasquin pour rival au respectable député de Péronne; c'est du sein de Rome même que partent les coups qui pourroient déplaire au défenseur de Rome, et si l'abbé Mauri ne parvient point à la papauté, les sujets du pape en seront seuls la cause. Mais qu'entendez-vous, me dira-t-on, par le genre burlesque ou bernesque, et d'où vient la distinction que vous mettez entre eux? Peutêtre ne sera-t-on pas fâché de connoître sur quelles raisons cette distinction est fondée, et ce n'est point sortir de mon sujet que de traiter du burlesque dans une préface où il ne doit être question que de l'abbé Mauri.

J'avois une très-fausse idée du burlesque, lorsque j'allai en Italie, je le confondois avec le bernesque, et je n'étois pas le seul françois voyageant qui n'eût pas des notions bien claires là-dessus. Arrivé à Florence, j'allai voir, même avant la galerie, le célèbre abbé Bandini, garde de la bibliothèque de Saint-Laurent, et l'un des plus savants hommes de l'Italie; après qu'il m'eut montré tous les trésors littéraires rassemblés dans cette bibliothèque, par les soins des Médicis, anciens souverains de Toscane, c'est-à-dire, les innombrables et précieux manuscrits qu'elle renferme, et dont il a publié un catalogue rempli de recherches et d'érudition, notre conversation tomba sur la littérature, et entr'autres sur la poésie italienne. Je lui fis plusieurs questions sur Pétrarque, l'Arioste et le Tasse, auxquelles il me répondit de la manière la plus satisfaisante, et mes yeux s'étant tout-à-coup arrêtés sur un magnifique exemplaire du poème de Fortiguerra intitulé Ricciardetto ou Richardet, voici à-peu-près le dialogue que nous eûmes ensemble à ce sujet, ou plutôt, voici la réponse intéressante et lumineuse qu'il me fit. Ce ne sont point ses propres expressions que je vais citer, puisque je cite de mémoire; mais j'en ai assez retenu le sens pour croire avoir le droit d'en enrichir cette préface. Vous avez, lui dis-je, une foule de poètes qui ont travaillé dans le genre de Fortiguerra, le Tassoni, le Dolce, le Berni etc.; leurs ouvrages sont aussi ingénieux qu'agréables; ils ont tous les titres pour plaire; mais quel nom donnez-vous à ce genre, et dans quelle classe le rangez-vous ? « Vous venez, me dit-il, de nommer le poète qui a donné son vrai nom au

genre de Fortiguerra , c'est le Berni ; c'est
de Berni que vient le nom de bernesque , et
gardez-vous bien de croire que le bernesque
et le burlesque soient une seule et·même
chose. La langue toscane se prête plus que
toute autre aux passages du noble au gracieux , du familier au terrible , et d'une
plaisanterie légère et fine aux grandes et ma-
jestueuses descriptions de l'Epopée. La langue toscane est un Protée qui prend toute
sorte de formes, soit pour effrayer, soit pour
faire rire ; c'est une cire molle, une argile
flexible et onctueuse , avec laquelle on pétrit
à son gré des goujats et des héros , des reines
et des soubrettes. Beccelli dit même que le
vers toscan et l'enjouement délicat furent de
tous les temps inséparables et naquirent ensemble. En effet, dès l'an 1250 , les sonnets
italiens descendirent des hauteurs du Par-
nasse, pour ainsi dire, et cessèrent de jouer
avec l'aigle de Jupiter pour folâtrer avec les
bergers. Antoine Pulci, florentin, et contem-
porain de Pétrarque , laissa à celui-ci la lyre
de Pindare , dont il fit un usage si heureux,
et s'empara du flageolet ou plutôt de la cor-
nemuse ; ses vers appelés Canti Carneschieleschi , parce qu'ils étoient chantés pendant
le carnaval , ses vers, dis-je , sont remplis
d'agrément et de vivacité ; mais ils blessent
trop souvent la décence et peignent avec trop
de vérité les extravagances et les débauches
auxquelles se livre le peuple dans un temps
de délire plutôt que de liberté. Un barbier
florentin , nommé le Burchiello fit aussi en

1480 du Canti Carneschieleschi. Le véritable
nom de cet auteur étoit Domenico di Giovanni,
et quelques savants ont prétendu qu'il fut sur-
nommé Burchiello, parce qu'il composoit ALLA
BURCHIA, c'est-à-dire, au hasard et comme im-
promptu ; ses vers eurent tant de succès que
son genre fut appelé burchiellesque, de son
surnom Burchiello, et l'on croit que de là
est venu burlesque. D'autres pensent avec
plus de raison que le mot burlesque vient
de BURLARE qui signifie se moquer, plaisan-
ter, rire. C'est de ce genre que votre Scarron, d'Assouci et tant d'autres mauvais poètes
françois ont abusé vers le milieu du siècle de
Louis XIV. C'est ce genre qui, semblable
aux sauterelles d'Egypte, a frappé long-temps
votre littérature d'une plaie mortelle (1), et
a presque étouffé dans leur germe, les fruits
et les fleurs qu'elle auroit produits. Je ne
pense pas en un mot que ce genre convienne
autant à votre langue qu'à la nôtre, et par
la connoissance que j'ai de toutes les deux,
il m'est démontré assez clairement que d'Assouci et Scarron sont bien inférieurs pour les
graces et la gaîté au Pulci et au Burchiello.
Je n'en dirai pas autant du genre bernesque,
qui tire son nom de Berni, et qui, selon moi,
est aussi supérieur au burlesque que les pein-

(1) Ce genre a été si fort à la mode, le siècle dernier, qu'il parut en 1649 un livre sous le titre de
« la Passion de Notre-Sauveur » en vers burlesques.

tures de Raphaël le sont à celles d'Herpino ou du Calabrois.

Le burlesque est pour l'ordinaire une imitation triviale, basse et bouffonne des beautés nobles et sérieuses d'un poème noble et sérieux; il cherche à tourner ses beautés en ridicule, et la dérision est le seul but auquel il aspire. Le burlesque est à l'épopée ce que la parodie est au tragique. Que le genre bernesque est loin d'avoir ces défauts ou plutôt ces vices! Le genre bernesque ressemble à celui de Vatteaux et de Téniers. Ces peintres ont choisi, à la vérité, une nature commune pour le sujet de leurs tableaux; ce sont des fêtes champêtres et populaires que pour l'ordinaire ils représentent, mais s'il y a une belle ordonnance dans la distribution des figures, si les moindres détails se correspondent avec harmonie, et si l'œil, dans leurs productions variées, n'aperçoit rien qui le choque, ces productions ont-elles moins de mérite, et le véritable connoisseur ne doit-il pas en faire cas? Il faut convenir cependant que Berni et ses imitateurs ont été plus loin que Vatteaux et Téniers; ceux-ci ne peignent que ce qu'ils voient. Ils n'imaginent rien, et les poètes bernesques ont rempli leurs ouvrages de personnages phantastiques et imaginaires et d'êtres moraux personnifiés; ils ont fait souvent revivre avec succès les anciennes divinités du paganisme, et Téniers et Vatteaux s'en tiennent à des paysans, à des buveurs, à des musiciens, au peuple des tavernes et des hameaux. Les uns

ont

ont fait quelquefois descendre tout l'Olympe sur la terre; les autres ne sont guère sortis du cabaret que pour y rentrer de nouveau; mais rarement trouve-t-on dans leurs créations ingénieuses les sales et grossières polissonneries qui caractérisent le burlesque. Le burlesque ressemble à un vil colimaçon qui se traîne sur le laurier et dépose sur sa feuille une bave impure; le bernesque est un oiseau léger qui voltige de branche en branche, et fait retentir le bocage de chants doux et harmonieux, et toujours naturels, quoiqu'ils aient quelquefois l'air bizarre. C'est l'art des transitions qui distingue surtout ce genre charmant, c'est un passage continuel du gracieux au sublime, du noble au familier, et quelquefois du plaisant au terrible. Voltaire est le poète qui, parmi vous autres françois, me paroît avoir possédé ce talent au plus haut degré, et la Pucelle d'Orléans est un modèle inimitable, quoique Voltaire n'y soit qu'imitateur. L'Arioste en effet n'auroit point désavoué ce poème, quoiqu'il semble avoir été fait d'après son Roland Furieux, et comme l'Arioste me paroît le premier de nos auteurs italiens dans le genre bernesque, on ne doit point hésiter à lui faire partager sa couronne avec Voltaire, et à les couvrir l'un et l'autre du même laurier. Le Lutrin et Ververt ont aussi des graces inapréciables et sont de vraies épopées bernesques, quoiqu'ils soient de moindre étendue que les nôtres. Les auteurs de ces trois différents ouvrages ont l'air de se jouer de leur propre sujet, de se moquer des héros

B

qu'ils imaginent, et d'en rire quelquefois autant que peuvent en rire leurs lecteurs ; ils
sont réservés sans contrainte, naïfs sans affec-
tation, gais sans bouffonnerie, fins et spi-
rituels sans recherche ; jamais enfin on ne
remarque chez eux de disparate, quoiqu'ils
allient, à peu-près tous les tons, et ne con-
viendrez-vous point qu'on chercheroit en vain
toutes ces qualités dans le burlesque?Vous avez
voulu savoir ce que c'est que le bernesque : le
voilà. Vous voyez qu'il ne faut pas le confondre avec le premier, et que celui-ci n'est
point séparé de l'autre par une légère nuance,
mais par toute l'épaisseur des ténèbres. Vous
voyez enfin que le jour et la nuit ne sont
pas plus différents, et que si le bernesque
est une source toujours jaillissante de traits
d'imagination et d'esprit, le burlesque est
un cloaque impur où vont se perdre la raison
et les graces. »

L'abbé Bandini se tut à ces mots, et je le
remerciai de m'avoir éclairé par un discours
aussi sage.J'aurois pu lui faire plusieurs autres
demandes, et même quelques objections, mais
il y avoit déja plus d'une heure que je
causois avec lui;sa dissertation venoit de m'ap-
prendre l'utile emploi qu'il fesoit du temps,
et je me retirai, de peur de lui dérober
son trésor.J'étois logé à l'hôtel de l'Aquila nera,
peu distant de la bibliothèque de saint Lau-
rent, et tout en marchant, je me disois à moi-
même :

Le bernesque est un genre charmant où les
italiens ont excellé, et qui a exercé le plus

grand nombre de leurs poètes ; mais où ces poètes ingénieux ont-ils puisé leurs sujets ? dans l'histoire , dans la féerie , dans la mythologie même ; c'est la chronique fabuleuse de l'archevêque Turpin qui sert de base au chef-d'œuvre de l'Arioste , et aucun de ces auteurs n'a songé à peindre ce qu'il y a de plus ridicule non-seulement dans l'Italie , mais dans le monde entier , je veux dire la cour de Rome ; ils avoient le tableau sous les yeux , et ils l'ont dédaigné , et ils sont allés chercher au loin des originaux qu'ils pouvoient toucher avec la main ! quel dommage ! Ah ! si , au lieu de retracer la guerre des Modénois et des Boulonois , des Guelfes et des Gibelins , Alexandre Tassoni avoit mis en vers les guerres sacrées des Papes et des anti-Papes , les démêlés survenus dans les conciles , et les interminables querelles occasionnées par les erreurs des principaux hérésiarques , n'auroit-il pas moissonné dans un champ plus fécond ! et ses plaisanteries , lancées contre le fanatisme et la superstition , ne seroient-elles pas d'un intérêt plus général ? j'aime beaucoup le seau de bois qu'il a décrit avec tant de grace ; mais un chapeau de cardinal , par exemple , mais le mantelet d'un Monsignor m'égaieroient bien davantage , et l'Arioste auroit trouvé de bien meilleures anecdotes dans la chronique scandaleuse de la cour de Rome que dans la chronique de Turpin. Voltaire a dit que la famille des Atrides étoit le foyer où Melpomène devoit forger ses poignards. La cour de Rome est l'atelier où tous les peintres du ridicule doivent choisir leurs modèles.

C'est ainsi que je raisonnois à part-moi, en cheminant vers mon auberge, et peu de jours après, étant arrivé à Rome, je résolus dans mon ame de suppléer au silence des poètes bernesques de l'Italie ; je résolus de chanter les papes et les cardinaux, du même style qu'ils ont célébré des enchanteurs, des héros et des hippogriphes ; un mauvais pape en effet ne mérite-t-il pas la préférence sur tous les monstres que le Dante et l'Arioste ont inventés, et l'homme qui, pendant si long-temps, a fait croire à l'univers que trois ne font qu'un, que Dieu descend dans un morceau de pain, et mille autres extravagances pareilles, un tel homme, dis-je, n'est-il pas plus habile que tous les sorciers, et, comme l'a si bien dit Montesquieu, n'est-il pas le premier magicien du monde ?

Ce projet, je dois l'avouer, me fit observer la cour de Rome avec beaucoup d'attention, et j'aurai peut-être sur mes rivaux, dans le genre bernesque, l'avantage de ne pas blesser les mœurs locales. Heureux, si j'avois hérité de leurs talents !

Comme il faut nécessairement se débaptiser quand on fait divorce avec la cour de Rome, mes lecteurs ne seront pas surpris que j'aie pris le nom de DORAT, au lieu du nom de MICHEL qu'on m'avoit donné sans me consulter. Dorat fut, pendant quinze ans, mon ami ; il fut mon maître dans un art où il a excellé, et où je me traîne sur ses traces : ses couleurs rient bien plus à mes yeux que celles de l'église romaine ; ai-je eu tort de les arborer ? qu'aurois-je obtenu par l'intercession de Michel ? une place peut-être dans le plus triste des Paradis, et peut-être par l'intercession de Dorat, obtiendrai-je, dans l'enfer, où il doit être, une place à côté de lui.

Quant à M. l'abbé Mauri, né à Valréas, dans le comtat Venaissin, disciple du fameux missionnaire Bridaine, député de Péronne, prieur de Lions etc.... j'ai cru pouvoir l'appeler tantôt prieur de Lions, tantôt député de Péronne, tantôt élève de Bridaine, tantôt l'orateur comtadin, et combien de noms glorieux et honorifiques n'aurois-je pas encore pu lui donner ! c'est pour jeter plus de variété dans mon poème que j'ai ainsi multiplié mon héros ; pourroit-on me savoir mauvais gré d'avoir, par ce moyen innocent, tâché de rompre la monotonie de nos vers Alexandrins ?

LES RIVAUX

AU CARDINALAT,

Poème Héroï - Comique.

CHANT PREMIER.

Je chante dans mes vers deux illustres rivaux.
Muse du Tassoni, dont les riants tableaux
Ont égayé long-temps la France et l'Italie,
Viens guider mon crayon taillé par la folie :
La sagesse elle-même à tes chants a souri ;
Viens, je vais célébrer et Pasquin et Mauri.
  Du prieur de Lions la vénérable image
Au Vatican brilloit et captivoit l'hommage
Des princes de l'église et des princes divers
A Rome rassemblés des bouts de l'univers :
Dans son palais sacré Braschi l'avoit placée,
Et par toute sa cour la voyoit encensée.
Ce présent de Bernis ravissoit tous les yeux (1) :
On admiroit ces traits, ce front audacieux,
L'effroi des colporteurs et l'amour du saint père (2).
C'est aux belles sur-tout qu'il avoit l'art de plaire.
Partout on fait l'amour : du boudoir à l'autel
A passé tant de fois mon héros immortel !
A Rome on le savoit. Les princesses romaines
Qu'on n'accusa jamais d'être fort inhumaines,

B 4

Du mâle député contemplant les regards ;
D'avance l'élevoient au trône des Césars,
Et largement sur lui versoient en espérance
Les précieux trésors d'une sainte indulgence.
Il arrive, ô bonheur qui n'eut jamais d'égal !
Portrait, disparoissez ; voici l'original !
Voici l'honneur éminent ! La ville trois fois sainte (3)
A peine l'a reçu dans son auguste enceinte,
De ses portes à peine il a franchi le seuil,
Les princes de l'église, abaissant leur orgueil, (4)
Au devant de ses pas volent d'un pas rapide,
Et leur chef applaudit au zèle qui les guide.
Le pape cependant qui du large chapeau
Veut honorer Mauri qu'il recèle IN PETTO,
Et qui de sa faveur veut lui donner un gage,
Au conseil les rassemble et leur tient ce langage :
« Vénérables pivots de l'empire chrétien,
Vous savez que Mauri, notre ferme soutien,
Jeune encor se montrant l'émule de Bridaine (5) ;
En France a propagé la croyance romaine ;
Vous savez que sa voix, dans ses doctes sermons,
Tonna sur les pécheurs, terrassa les démons,
Et que son éloquence instruit, éclaire et touche.
A ce grand orateur je dois ouvrir la bouche (6) :
Dans mon cœur je le porte, et du chapeau sacré
Son front doit être, un jour, par mes mains décoré.
Que tout soit disposé pour la cérémonie,
Et que Mauri bientôt remplace Loménie.
Loménie est un traître, objet de mon courroux ; (7) :
Il a perdu le droit de s'asseoir parmi nous.
Ce lâche renégat de la théologie
Encense les autels de la philosophie.

Mauri , plus réservé , plus sage , plus pieux ;
N'a jamais prodigué son encens aux faux Dieux:
Comme l'agneau soumis , pur comme la colombe ;
Aux pièges du malin jamais il ne succombe ,
Et sa vertu, qu'en vain on veut calomnier ,
Promet un saint de plus au saint calendrier :
Il est docte sur-tout et sans pédanterie ;
Son éloquence est noble , abondante et fleurie ,
Et son style a souvent , dans sa variété ,
Les roses du printemps et les feux de l'été.
Pour fabriquer des brefs,pour forger mainte bulle,(8)
Comme il va seconder le zèle qui me brûle !
Il sera mon Vulcain : par son heureux savoir
Sur nos fiers ennemis que de traits vont pleuvoir !
Et comme , grace à lui , sous mes foudres sacrées ,
Vont tomber à la fois Tiphons et Briarées ! »

Pallota ; Cornaro , d'Herzan , Antamori , (9)
De crier aussitôt : » Oui , nous voulons Mauri ,
Mauri , par son courage , a vengé le saint siège
Des nombreux attentats d'un peuple sacrilège.
C'est un autre Athanase , un nouvel Augustin
Qui de l'église , un jour , peut régler le destin.
On l'a sifflé , dit-on , dans le sénat de France :
Faut-il s'en étonner ? l'envie et l'ignorance,
Ne pouvant des honneurs lui fermer le sentier ,
Ont , par leur souffle horrible , infecté son laurier.
Mais qu'importe après tout ? c'est le sort du génie,
Et Mauri doit soudain remplacer Loménie.»

Gerdil se lève alors : c'est un sage vieillard (10),
Qui parle avec franchise et ne connoît point l'art.
C'est le Nestor sacré du collège de Rome.

Il pense, quoique moine, et s'exprime en grand homme,
» Quoi ! dit-il, d'une voix qu'affoiblissent les ans,
Vous vantez de Mauri les vertus, les talents !
Et ce fougueux rhéteur dont l'ame se déguise,
Fait revivre, à vos yeux, un père de l'église !
Des fidèles, bon Dieu ! voilà donc le flambeau !
Lui qui pâlit encore au nom de Mirabeau,
Qui de honte affamé, glorieux d'être esclave,
Fut vaincu tant de fois par le jeune Barnave (11),
Et dont le nom partout justement détesté,
Ira, chargé d'opprobre, à la postérité !
Quelque pieux qu'on soit, pensez-vous qu'on admire
Le méprisable esprit qui dans Rome l'attire ?
Messieurs les cardinaux sont jaloux de leurs rangs:
Mais on peut, quoique prêtre, abhorrer les tyrans,
Et l'évangile enfin qui nous sert de boussole
Ne veut pas que d'un roi nous fassions une idole.
L'évangile a souvent prêché l'égalité,
L'amour de la justice et de la vérité :
Il ne l'ignore pas le rhéteur de Péronne :
Il se moque en secret des partisans du trône,
Et ne voyez-vous pas qu'en défendant vos droits,
Qu'en épousant sur-tout la querelle des rois,
Il plaide pour lui-même, et qu'un vil égoïsme ?... »

Enclin à la colère autant qu'au despotisme (12),
Le saint père, à ces mots, sur son trône papal,
Comme un lion se dresse et dit au cardinal :
« Vieux Gerdil, taisez-vous : d'une tourbe profane
Qui beugle après Mauri, sied-il d'être l'organe ?
Dès que par les Français nos droits sont combattus,
Mauri, plaidant pour nous, a toutes les vertus :
Pour le peindre en un mot, il croit tout ce qu'il prêche.

Des jacobins François la cohorte revêche,
Goutte-à-goutte sur lui distillant ses poisons,
L'envoya vainement aux petites-maisons.
Mirabeau, par orgueil, peut-être par foiblesse,
A trahi des Français l'intrépide noblesse,
Et Barnave en naissant devoit être étouffé.
Qu'il tremble ! tôt ou tard un bel autodafé
Peut me faire raison de ce troupeau sinistre
De prédicants formés par Rabaut le ministre (13),
Et je veux que Mauri, fidèle à ses serments,
Allume le bûcher qui les cuira vivants.
Vainement ils ont dit que, pour ses huit cens fermes (14)
Il avoit déployé les talents les plus fermes.
Simple comme un apôtre, il n'aime point l'argent,
Et comme un Franciscain il veut être indigent.
Il est chaste sur-tout : sans lui rendre les armes,
Du beau sexe toujours il contempla les charmes,
Et jamais le démon de l'impudicité
Ne porta quelque atteinte à sa virginité. »

Le pape se trompoit, quoiqu'il soit infaillible.
Dans les combats d'amour héroïne invincible,
Une princesse, alors, cherchant un sigisbé,
Avoit jeté les yeux sur le très-chaste abbé,
Et déja dans ses bras il disoit le rosaire,
Ainsi que les amours le disent à Cythère.
Cachés dans les rideaux, ces fripons curieux
Avoient déja compté six AVÉ glorieux ;
Et le prieur nerveux, levant sa tête altière,
De six AVÉ nouveaux commençoit la carrière :
Aux douze AVÉ d'Hercule il seroit parvenu,
Lorsque la signora, d'un ton doux, ingénu,
Lui crie : » arrête, ami ; je meurs de mon ivresse ;

Et , si tu veux poursuivre , attends que je renaisse.
Serois-je dans les bras du jeune Gabriel ,
Qui vient de m'élever jusqu'au troisième Ciel ,
Et qui , pour me couvrir de l'ombre de ses ailes ,
Est descendu vers moi des voûtes éternelles !
O mon ange ! ô mon Dieu ! c'est peut-être demain
Que doit te couronner le pontife romain ;
Mais , au lieu du chapeau que sa main te prépare ,
Il devroit te céder la divine thiare.
C'est trop peu pour Mauri que d'être cardinal ,
Mauri devroit siéger sur le trône papal ;
Il vient de mériter une triple couronne :
Le sort la lui refuse , et mon cœur la lui donne.
Oui , c'est toi , c'est toi seul qu'au suprême pouvoir
On devroit élever , pour prix de ton savoir ,
Toi , qui devrois du Christ être le saint vicaire.
Tu le seras un jour. Régner , instruire et plaire ,
Voilà ta destinée , et , dans tes nobles mains ,
Le sceptre et l'encensoir vont régir les humains.
Sur ton front cependant la bizarre étiquette
Veut , avant la thiare , ajuster la barrette ;
Le pape la réserve à tes heureux travaux :
Va donc la recevoir sous l'œil de tes rivaux ,
Et reviens , décoré de la pourpre romaine ,
Achever , dans mes bras , une sainte neuvaine :
Le pape , le ciel même envîront nos plaisirs. »

Qu'il est heureux l'amant en proie à ses désirs ,
Dont ces mots , au sortir d'une bouche vermeille ,
Rassérènent l'esprit et caressent l'oreille !
Et quelle est la mortelle ou la divinité
Qui peut de Rosalba surpasser la beauté ?
Rosalba d'une nymphe a la taille légère :

Son sourire est celui d'une jeune bergère ,
Et sa bouche , une rose où , dans chaque contour ,
Chaque teinte se perd , se noïe avec amour :
Tous ses traits , en un mot , offrent à l'œil avide
Le fini du Corrège et les graces du Guide.

» Moi , te quitter , répond l'abbé de Valréas !
» Moi ! sitôt renoncer à tes divins appas !
Non, belle Rosalba ! quelqu'honneur qu'on m'apprête,
Et de quelque chapeau qu'on veuille orner ma tête ,
Fût-ce même des rois le bandeau précieux !
Ton amour tout-à-coup m'élève au rang des Dieux
Tu m'as fait partager la volupté céleste ;
Je la savoure encore... auprès de toi je reste.
Heureux , si je pouvois , épuisant le bonheur ,
Mourir en travaillant la vigne du seigneur!
La belle Rosalba m'appartient tout entière ,
Et la clef de son cœur vaut bien les clefs de Pierre. »

Caresses , à l'instant , de reprendre leur cours ;
Baisers , de voltiger sur de charmants contours ;
Lis , d'être colorés ; roses , d'être cueillies ;
Rien ne fut oublié. Dans leurs tendres folies ,
Ces amants toutefois , malgré tous leurs efforts ,
Sentirent par degrés s'éteindre leurs transports.
Tout cesse , tout finit ; rien n'est impérissable ,
Et le plaisir d'amour moins qu'un autre est durable.
Forcé de l'éprouver , dans l'espoir du réveil ,
Le couple s'abandonne aux douceurs du sommeil.

Des cardinaux pourtant cesse la comédie :
D'un geste de la main Braschi les congédie ,
Lorsque le vieux Gerdil , seul avec lui resté ,

Et de sa réprimande en secret irrité ;
»Nous sommes seuls, dit-il ;»on ne peut nous entendre;
Et jusqu'à m'écouter daignerez-vous descendre?
De la France, déja, qui rentroit dans ses droits,
Vous n'avez point voulu reconnoître les lois,
Et Ségur qui venoit, en signe d'alliance (15),
N'a pu même obtenir une courte audience.
Rien n'est plus dangereux qu'un pontife entêté ;
Et voilà le défaut de votre sainteté,
Qui préfère, ennemi des écrivains célèbres,
Aux anges de lumière, un ange de ténèbres,
Et ne veut point sentir que c'est hors de saison
S'opposer aux clartés de la saine raison.
Voulez-vous renverser l'église et le saint-siège?
L'erreur nous est utile, et du sacré collège
Si vous n'écartez point le charlatan Mauri,
Versatile animal, de préjugés nourri,
Avocat mal-adroit, gâtant sa propre cause,
Insecte vénimeux qui profane la rose,
Nous sommes tous perdus, et même les dévots
Siffleront à l'envi papes et cardinaux :
Sachez donc compâtir aux foiblesses humaines;
Abjurez, un moment, les sottises romaines,
Et n'allez point lancer, d'un vain pouvoir jaloux,
Des foudres qui bientôt retomberont sur nous.
Voici l'heure, je crois, qui vous appelle au temple :
De mon respect pour vous j'y donnerai l'exemple,
Et, malgré vos erreurs que j'ai dû censurer,
Vous êtes un vieux fou que je cours adorer. »

Il s'échappe, à ces mots, et laisse le saint père ;
Tout saint père qu'il est, écumant de colère.

» Me parler de la sorte , à moi digne soutien ;
Du culte catholique et du monde chrétien!
Par saint-Pierre , dit-il ; il faut que je me venge ;
Et je veux que Gerdil , dans le château Saint-ange ,
Aille passer la nuit avec Cagliostro (16);
Un pape se défend UNGUIBUS ET ROSTRO.

CHANT SECOND.

C'EST pour vous plaire, amis, que reprenant haleine;
Sur le doux flageolet du Cygne de Modène (17),
J'achève de chanter de comiques exploits;
Vous l'avez ordonné, j'obéis à vos lois.

Vous savez que Pasquin, d'une antique statue (18),
Est le débris informe, et flatte peu la vue.
Hé bien! mes chers amis, ce vieux tronc mutilé,
Ce reste colossal, de membres dépouillé,
Se dressant tout-à-coup sur ses jambes énormes,
Revêt d'un savetier et l'habit et les formes.
Aux lieux où fut jadis un œil large et brillant,
Éclate un œil malin, d'esprit étincelant,
Et déja le milieu du terrible visage
Offre un nez retroussé de jovial présage.
La pierre est animée, et presqu'au même instant,
Elle sent, elle pense, elle voit, elle entend.
Vous serez, mes amis, surpris de ce prodige;
Les Romains le croiront, ils le croiront, que dis-je?
Il enchante déja leurs esprits éperdus.
Qu'est-ce pour les Romains qu'un miracle de plus?
A peine toutefois d'un savetier paisible
Pasquin a revêtu l'accoutrement risible,
Que droit au Vatican il dirige ses pas,
Et, fier d'avoir brisé les chaînes du trépas,
Au Pape il se présente, et, censeur énergique,
Il lui tient ce discours assez plein de logique:

«Loménie, autrefois du chapeau décoré,

Ne traîne plus au loin qu'un front déshonoré ;
Rebut de la nature et du sacré collège.
Il crut porter atteinte à l'éclat du saint siège ,
Et foudroyant soudain cet enfant du Baal ,
Vous l'avez dégradé du rang de cardinal.
Quel sera le mortel qui , de ce rang plus digne ,
Doit s'asseoir promptement dans le collège insigne ?
Si j'en crois un bruit sourd qu'à peine je conçoi ,
Que la trompette infime a porté jusqu'à moi , (19)
Trompette qui toujours sema la calomnie,
C'est Mauri , qui bientôt remplace Loménie.
A la pourpre Mauri prétend avoir des droits ,
Et son front rougira pour la première fois.
Mais vous, dans les discords, le premier des arbitres,
Saint Père, de Mauri connoissez-vous les titres ?
Savez-vous qu'en tout temps défenseur des abus ,
De bouche seulement il prêcha les vertus ?
Qu'en proie à tous les feux d'une impure tendresse ,
Sur le sein des Philis il célébroit la messe ,
Et que l'hypocrisie et ses dehors trompeurs
Servent encor de voile à ses mauvaises mœurs ?
Aux pieds de Rosalba , dans sa couche peut-être ,
Il remplit maintenant les fonctions de prêtre ,
Et vous disant peut-être un éternel adieu ,
Un lit est son autel ; une femme, son dieu.

Il a prêché , dit-on , la plus pure morale :
Oui , mais il a donné le plus affreux scandale ;
Et ne savez-vous pas qu'au rang des beaux esprits ,
A force de bassesse et d'intrigues admis ,
Il devint le zéro de ces fameux quarante
Qu'a toujours redoutés Rome l'intolérante ,

C

Et qu'il est soupçonné, malgré son beau maintien ;
D'être un peu philosophe et de ne croire à rien ? (20).

Dans le sénat François il fit des pasquinades :
Mais S. père, entre nous, les miennes sont moins fades.
Il aime le mensonge, et moi, la vérité.
Rappelant votre cour à la simplicité
Qui des premiers pasteurs signala les services,
J'ai toutes les vertus, et Mauri, tous les vices.
A Mauri comparé, je suis un vrai Caton :
Il n'est qu'un lourd sophiste, et je suis un Platon.
Dans le digne sénat dont s'honore la France,
A-t-il, un seul moment rempli votre espérance ?
Quels fruits, de ses discours, avez-vous retirés ?
Les abus, à ses yeux, ont tous paru sacrés,
Et de tous, sans mesure, il fit l'apologie.
Ainsi que sur les bancs de la théologie,
Je crois l'entendre encor pérorer, pérorer
Ne convaincre personne et vous faire abhorrer.
Adorateur zélé des grasses abbayes,
Qu'à Versaille en rempant il avoit envahies,
Il a, pour les défendre, ardemment combattu.
Il aime l'or, le luxe, et voilà sa vertu.
De pareils sentiments ressemblent-ils aux vôtres ?
Est-ce ainsi que vivoient les modestes Apôtres ?
Saint Jean, dans le désert, n'étoit-il occupé
Que du soin d'apprêter un splendide soupé ?
Et s'enrichissoit-il par un pieux négoce ?
Saint-Jacques le Majeur avoit-il un carrosse ?
Et saint-Barthélemy, cet honnête écorché,
Alloit-il de faisans dépouiller un marché ?
Au pauvre laboureur, couché sur un peu d'herbe,

Faisoit-il un procès pour la dixième gerbe ?
Et jamais a-t-on vu le sage Barnabé
Des dames de Judée être le sigisbé ?
Pour l'église du moins quand j'ai plaidé moi-même,
Gaîment sur les abus j'ai lancé l'anathême ;
Mauri gronde toujours, et je parle en riant :
Son visage est farouche, et le mien, attrayant,
Et, n'adoptant jamais sa morgue doctorale,
Des voiles du plaisir je couvre ma morale.
Ainsi que lui, j'aspire au chapeau glorieux :
Qui de nous deux enfin l'a mérité le mieux ?
Saint-père prononcez. Vous aimez la justice :
Pourriez-vous à mes vœux ne pas être propice ?
  Le saint-père, indigné d'un semblable discours,
Fut mille fois tenté d'en arrêter le cours.
Déja s'abandonnant à toute sa colere,
Il alloit envoyer l'orateur en galere,
Quand une déité, vraiment fille des cieux,
Qui des papes jamais n'a fatigué les yeux,
Et que ces ennemis des droits sacrés de l'homme
Ecartent du palais qu'ils habitent dans Rome,
Quand la philosophie, au regard tendre et doux,
Se présente au saint-père enflammé de courroux.
C'est elle qui dicta les beaux vers de Lucrèce,
Et qui dans sa prison vint consoler Boëce
Elle qui de Socrate inspira le démon,
Qu'on chercheroit en vain dans le plus beau sermon,
Que l'église jamais ne choisit pour patronne,
Et qu'avec soin, sur-tout, on exclut de Sorbonne.
Philosopher à Rome est d'un fort grand danger.
Elle prend d'un pigeon l'accoutrement léger,
Pour tromper des chrétiens l'argus qui toujours veille,
Et, roucoulant ces mots dans son auguste oreille ;

„ O superbe Braschi , dit–elle sans aigreur !
D'où te vient aujourd'hui cet excès de fureur ?
Pasquin au chapeau rouge a l'orgueil de prétendre :
Est–ce un crime si grand ? Pasquin t'a fait entendre
Que par son caractere et sa véracité ,
Plus que Mauri lui–même il l'avoit mérité.
Peux–tu , sur cet aveu , concevoir quelque doute ?
Nous ne sommes que trois, tous trois discrets ; écoute.

L'église , se livrant à de saintes fureurs ,
Couroit de crime en crime et d'erreurs en erreurs :
Il falloit la punir en la rendant plus sage ,
Et mon ami Voltaire a consommé l'ouvrage.

On ne croit plus qu'un Dieu du ciel soit descendu ,
Pour vivre en honnête homme et pour être pendu.
Du bon Nazaréen on aime la morale :
Elle est douce, elle est tendre , elle est sentimentale ,
Et jamais l'évangile au cœur ne parle en vain ;
Mais vous avez gâté cet ouvrage divin :
Vous l'avez dégradé par vos dogmes bizarres ,
Et les Goths moins que vous me paroissent barbares.
Les Goths avec le temps ont pu s'humaniser :
Mais conçoit–on un Dieu qui se fait baptiser,
Qui soumet au couteau le bout de son prépuce ?
Qui veut qu'un front dévot se couvre d'un capuce,
Et qu'une huile puante , à l'heure de la mort,
Serve à ses bons amis d'éternel passe-port ?
Conçoit–on que ce Dieu , du faîte de sa gloire ,
Descende tout–à–coup dans un large ciboire ,
Et que le tout–puissant, de la terre adoré ,
Vole ainsi qu'un bedaut, aux ordres d'un curé ?
Non , non ; détrompez-vous : la sainte eucharistie ;

Par la simple raison est partout démentie,
Et déja tout mortel, éclairé par Calvin,
Ne cherche plus un Dieu sous les voiles du pain.
On ne croit plus surtout, malgré tout votre zèle,
Qu'une Vierge conçoive et demeure pucelle,
Qu'en lui disant bon jour, on lui fasse un enfant,
Et que de ses vertus un ange triomphant
Détruise et, tour à tour, ranime ses scrupules :
Ces contradictions sont un peu ridicules.
Quel mortel en effet, s'il a quelque raison,
Peut vouloir s'enivrer d'un semblable poison ?
C'est un Dieu qu'il faut croire, et non pas vos
      maximes (21),
Un Dieu l'ami de l'ordre et le vengeur des crimes :
Son image céleste, en pompeux appareil,
Resplendit chaque jour sur le front du soleil,
Er du haut de son trône éblouissant, auguste,
Je crois l'entendre dire à tout mortel : sois juste,
Adore, sans la craindre une divinité :
Aime l'ordre et surtout aime l'humanité.
De l'amour du prochain naît toute la morale :
Le reste n'est qu'erreur, impiété, scandale.
Le pape, me donnant ses burlesques fureurs,
Dans l'église, en mon nom, sème au loin les terreurs:
Il me peint comme un juge impérieux, sévère.
Je punis, il est vrai ; mais je punis en père :
Si mon fils m'a quitté, je l'invite au retour,
Et la religion n'est qu'espoir et qu'amour.
Les papes, en un mot, m'ont fait à leur image ;
Je suis la vérité ; l'erreur est leur ouvrage.

   Mauri veut être admis au rang des cardinaux.

Très saint-pere, craignez des reproches nouveaux
Si vous le décorez de la pourpre romaine,
Votre chûte par lui deviendra plus certaine.
Il a cru vous servir, et sa loquacité
Dans un abyme affreux vous a précipité.
Pasquin est philosophe, et sa verve falotte,
Sa gaité, son esprit à la rouge calotte
Lui donnent tous les droits réclamés par Mauri.
Benoit (a) rioit souvent ; jamais vous n'avez ri.
Votre religion est sévère, intraitable,
Et, pour la faire aimer, il faut la rendre aimable.
De l'enjoué Pasquin contentez donc les vœux ;
Qu'il soit traité par vous comme un de vos neveux:
Qu'il soit fait cardinal, et que l'on puisse dire :
Pie a damné le monde, et Pasquin l'a fait rire. »

Le pape, à ce discours dont son cœur est charmé,
Par un nouveau miracle, en sage est transformé.
Dans le joli pigeon qu'il respecte et qu'il aime,
Croyant de l'esprit saint reconnoître l'emblème,
Il s'incline, et l'oiseau s'échappant dans les airs
Remonte vers les cieux, au milieu des éclairs.

Braschi rentre en lui-même, et, songeant qu'il est
      pape,
De la sottise humaine il rit déja sous cape.
De triste qu'il étoit, il devient jovial,
Et, brûlant de nommer le nouveau cardinal,
Il mande, au même instant, ses prélats, ses dataires,
Ses cousins, ses neveux, tous ses protonotaires,
Le grand inquisiteur et même son barbier.

_____

(a) Benoît XIV.

Ils arrivent suivis du peuple camérier (22) ,
Dont les flots répandus sous les voûtes antiques,
Fout par leurs cris confus retentir les portiques.
Les cardinaux à peine ont rempli le saint lieu ;
A peine ils ont baisé les pieds du vice-Dieu ,
Le vice-Dieu leur dit : » chef du sacré collège ,
Par la grace d'en haut, j'ai le doux privilège
D'y placer , à mon gré , des moines , des prélats ;
Et je voulois tantôt , vous ne l'ignorez pas ,
profanant la barrette et la pourpre romaine ,
En revêtir soudain l'élève de Bridaine.
J'allois pour compagnon vous donner un Mauri ,
Prêtre farouche et dur , qui n'a jamais souri ,
Subalterne intrigant , dont l'ame intéressée
Mériteroit..... bientôt j'ai changé de pensée ,
Et par le saint esprit tout-à-coup éclairé ,
Grace à lui , mon erreur n'a pas long-temps duré.
Je suis par mon état forcé d'être sévère :
On m'adore, on me craint , mais on ne m'aime guère ;
Rien n'est moins amusant. Vous savez qu'autrefois
Un bouffon déridoit le front morne des rois ;
J'aime à rire , et je veux , sans tarder davantage ,
Des antiques bouffons ressusciter l'usage.
Ma charge me défend d'aller voir Arlequin ,
Et je fais cardinal.... devinez qui.... Pasquin.
C'est lui qui , dès ce jour , remplace Loménie ,
Et je vous ai mandés pour la cérémonie. »
    Lorsqu'au pied du Vésuve , en un riant vallon
Où Zéphir toujours règne et jamais l'aquilon ,
La foudre tout-à-coup vient porter le ravage ,
Du fond des antres creux qui bordent le rivage ,
Où le berger timide a conduit ses troupeaux,

C 4

Aux échos murmurants répondent les échos.
Par degrés, cependant, les cieux, la plaine immense
Passent d'un bruit extrême à l'extrême silence.
Les agneaux, consternés dans leur tressaillement,
N'osent plus frapper l'air de leur long bêlement,
Et des tremblantes mains de la jeune bergère
Roule sur le gazon la houlette légère.
Le front décoloré du sensible pasteur,
De son ame agitée exprime la terreur ;
L'oiseau reste caché sous la feuille immobile,
Et ne fait plus entendre un chant doux et facile ;
Tout est sans mouvement, tout est silencieux.

Ainsi, quand le mortel qui parle au nom des cieux,
Quand du monde chrétien le guide vénérable
A décoré Pasquin de la pourpre honorable,
Le collège sacré reste muet d'effroi.
A peine à son oracle il veut ajouter foi,
Et quelques Monsignors, voyez leur insolence,
Osent dire tout bas : le pape est en démence.

A ces mots, toutefois, le diligent barbier
S'empare lestement du joyeux savetier,
Et, sous l'acier tranchant qu'avec grace il promène,
Lui courbant l'occiput le tond à la romaine.
Le pape sur son front met l'auguste chapeau.
Au tablier qu'il porte, ignoble et vil lambeau,
Le pallium succède, et, prince de l'église,
Pasquin, des spectateurs partageant la surprise,
Marmote un OREMUS et rend graces aux cieux.

Du fortuné Pasquin, rival ambitieux,
Que faisiez-vous alors, député de Péronne ?
Il faut le raconter ; l'amitié me l'ordonne :
Mais je sens que ma muse a besoin de repos,
Et de sa main lassée échappent les pinceaux.

CHANT TROISIEME.

Sur un char que, dans l'air, soutient le vieux Éole,
S'avançoit le soleil, et déja l'auréole,
Qui du premier apôtre est l'auguste ornement,
Resplendissoit au loin des feux du diamant.
Dans les bras du sommeil l'ame plongée encore,
Mauri, loin d'assister au lever de l'aurore,
Tourmenté par un songe épouvantable, affreux,
Se réveille en poussant des soupirs douloureux.
« Ah! belle Rosalba « dit-il à son amante,
Qui soulève, à son tour, sa paupière tremblante »
Et de l'obscure nuit voit tirer le rideau
Par les premiers rayons du céleste flambeau ;
« O belle Rosalba, par quelle affreuse image,
Un songe, tout-à-coup, a glacé mon courage !
Faut-il que la douleur soit si près du plaisir ?
J'étois au Vatican, la main prête à saisir
L'ornement glorieux des satrapes de Rome,
Quand du sein de la terre une espèce de Gnome
S'élance, et pas à pas jusqu'à moi se glissant,
Fait dresser mes cheveux sur mon front pâlissant.
Un sourire effrayant qui disloque sa bouche,
Lui donne l'air ensemble et caustique et farouche,
Et j'ai cru voir en lui le diable de Milton.
Un glaive est dans ses mains, ou plutôt un bâton,
Qui tournoyant sans cese, éblouit la paupière,
Et frappe, tour-à-tour, et devant et derrière.
Achèverai-je enfin ? ce monstre vu de près,
De l'auteur de mes jours m'a présenté les traits,

Et j'ai cru retrouver dans son affreux visage
D'un père vénérable une imparfaite image (23) ».

Il dit , et sur son front livide de terreur ,
Goutte à goutte ruisselle une froide sueur.
Avec de doux baisers l'amoureuse princesse
Dissipe cependant sa profonde tristesse ,
Et d'une illusion le prestige vainqueur
Cesse de balancer la gloire dans son cœur.
Il se lève comblé des faveurs d'une amante ;
Sa vieille ambition se rallume s'augmente.
Au Vatican il vole , et l'auguste chapeau ,
Qu'il poursuit en idée , est son guide nouveau.
Mais quel affreux revers qu'il étoit loin d'attendre!
Au Vatican à peine il est près de se rendre ,
Il aperçoit un char qui , sur le Quirinal ,
Traînoit pompeusement le nouveau cardinal ,
Et qu'un peuple nombreux escortoit en silence.
Il demande le nom de l'auguste Eminence.
Hé! quoi! vous l'ignorez, lui répond un Romain ,
Vous ignorez le sort de monseigneur Pasquin ,
Et que , pour le payer de sa vertu sublime ,
Le Saint-Père , aujourd'hui , le crée illustrissime !
Certain abbé Mauri fraîchement débarqué ,
Et dont l'esprit, dit-on, est un peu détraqué,
A cru que sur Pasquin il auroit l'avantage ;
Mais notre souverain est juste autant que sage,
Et ce prêtre français qui nous est inconnu
Peut s'en aller enfin comme il étoit venu.

A ces mots qui pour lui sont un cruel outrage ,
L'orateur comtadin est en proie à la rage ;
Dans son cœur , où fermente un horrible poison ,

La discorde sacrée allume son tison ;
Il marche droit au char qui rouloit sur l'arène.,
Des coursiers orgueilleux saisit la double rène,
Les arrête , et savant dans l'art du pugilat,
Fait descendre Pasquin qu'il défie au combat.
Pasquin n'a jamais eu la bravoure d'Achille.
Tel plaisant dont la langue est en bons mots fertile;
Et qui lance de loin de redoutables traits ,
Quand il faut se défendre , est un lâche de près :
De Monseigneur Pasquin tel est le caractère.
A peine cependant il a touché la terre ,
Le merveilleux oiseau qui protège ses jours ,
Vient planer sur sa tête et vole à son secours.
C'est , la philosophie en pigeon transformée ;
C'est pour la peindre mieux , la sagesse emplumée ;
Qui du foible Pasquin réchauffant les esprits ,
Lui souffle de la mort l'héroïque mépris ,
Et verse dans son ame une ardeur martiale.
Telle , autrefois , Minerve , aux Troyens si fatale ,
Encourageoit Ulysse , et de son bouclier ,
Pour le rendre vainqueur , le couvroit tout entier.

Au défi d'un rival empressé de répondre ,
Pasquin s'avance alors brûlant de le confondre ;
Le fier Mauri l'attend , et d'un bras furieux
Lui saisit sur le front le signe glorieux
Que venoit d'y poser le Pontife suprême.
Pasquin le ressaisit : le vénérable emblème
Se déchire , et des mains de ces deux fiers rivaux ,
Honteusement échappe et tombe par lambeaux.
Le peuple les contemple , autour d'eux immobile :
Mais , dans le noir accès de sa pieuse bile ,
Mauri , sur son rival s'élançant de nouveau ,

Lui porte, à poings fermés, deux coups dans le cerveau;
Malgré la déité qui toujours le protège,
Il s'ébranle, il chancelle, et du sacré collège
Le joyeux candidat horriblement froissé
Sur un terrain fangeux va tomber renversé.
Le beau pigeon sur lui vient secouer ses ailes,
Et lui rendant l'espoir et des forces nouvelles :
Quoi ! dit-il, dans la crotte et la douleur plongé !
Quoi ! je suis cardinal, et ne suis point vengé !

Le Prieur de Lions, prêt à chanter victoire,
A l'instant, se pavane, orgueilleux de sa gloire,
Ft jette sur Pasquin un regard de pitié :
Mais Pasquin se relève, et d'un long tire-pié,
Arme qu'il receloit sous la pourpre romaine,
Il provoque, à son tour, l'élève de Bridaine,
Le poursuit, le harcèle à coups précipités,
Et, d'une main légère, adroitement portés.
D'un instrument servile ô vertu singulière !
L'arme du fier Ajax étoit moins meurtrière,
Et la lance d'Achille enflammé de courroux
Fit tomber sur Hector de moins terribles coups.
Contre l'effort constant d'une attaque divine
Le prieur de Lions vainement se mutine ;
Il tente vainement d'effrayer l'ennemi.
Par l'aspect menaçant d'un poing mal affermi,
Pourroit-il résister à l'affreuse tempête ?
Le tire-pié vengeur vole autour de sa tête,
Et, tantôt sur la joue, et tantôt, sur le front,
De quelque meurtrissure il imprime l'affront.
Dans l'ame de Mauri quel changement s'opère !
Autrefois il a vu dans les mains de son père
Ce même tire-pié que, d'un bras trop certain,

En cercle , autour de lui , fait voltiger Pasquin.
De ce père en courroux qui médite sa perte ,
A ses yeux éblouis , la grande ombre est offerte ;
Et la terreur , soudain , précipitant ses pas ,
Le héros , en fuyant , affronte le trépas.

La voilà donc , dit-il pâle et tout hors d'haleine ;
Le monstre offert en songe à ma vue incertaine ,
Dont le sourire affreux m'a causé tant d'effroi !
J'ai le pape , l'enfer et le ciel contre moi !
Je suis vaincu par tout , ainsi qu'à la tribune.

Le peuple , à longs éclats , rit de son infortune ,
Et l'escadron poudreux des polissons romains
Applaudit à sa honte et des pieds et des mains.

Le cardinal Pasquin , étonné de sa gloire ,
Remonte , au même instant , sur son char de victoire,
Et semble un Dieu qui vole au ciel de l'opéra.

Quels chagrins cependant , illustre signora ,
Vont à la fois surprendre et déchirer ton ame ,
Quand tu verras l'objet de ton ardente flame
Par un vil savetier indignement battu ,
Et d'opprobres chargé pour prix de sa vertu !

Il entre , et Rosalba le reconnoît à peine :
Au lieu d'être paré de la pourpre romaine ,
Il n'offre à ses regards que de tristes lambeaux
Tels que les traîne un spectre au sortir des tombeaux;
Et son front , tout couvert de sueur et de poudre ,
Ressemble au chêne altier qu'a fracassé la foudre.

Je suis vaincu , dit-il ; un esprit infernal

M'enlève avec le nom le rang de cardinal ,
Et me ferme l'accès au trône de saint-Pierre ;
Et je respire encore ! et je vois la lumière !
Et j'ai pu lâchement baiser le vieux ergot
De ce pape inconstant , si bien nommé Margot ! (24).
Pour défendre ses droits que méconnoît la France ,
J'ai pu , dans la tribune , usant mon éloquence ,
Epuiser , chaque jour , mes robustes poumons ,
Et me faire siffler autant qu'à mes sermons.
C'est un méchant bouffon que l'ingrat me préfère ;
De prétendus bons mots un diseur téméraire.
Pasquin est devenu son digne favori ,
Et Pasquin , en un mot l'emporte sur Mauri.
O puissent les Français que j'ai crus ridicules ,
Mépriser , en tout temps , et ses brefs et ses bulles !
Et bienheureux celui dont la joyeuse main ,
En plein palais royal , dressant un mannequin ,
Lui donna du saint-père et les traits et l'allure ,
Et l'étrillant d'abord finit par la brûlure (25).
Que n'ai-je pu moi-même , au palais quirinal ,
Pour me venger de lui , brûler l'original !
Tremble , insensé Braschi ! j'épousai ta querelle ;
Mais lassé , mais honteux de combattre pour elle ,
Je vais peindre les maux qu'ont faits à l'univers
Des Peres assemblés (a) les oracles pervers :
L'esprit saint par la poste arrivant au concile ,
Et dictant , à son tour , son cruel codicile ,
Le malheureux Jean Hus par son ordre grillé ,
Et le comte Raymond durement étrillé (26).

(a) Lorsque les membres d'un concile sont assemblés on les appelle pere du concile.

Quel mépris, quelle horreur sur vous je vais répandre,
Fanatique Hildebrand, sanguinaire Alexandre (27),
Et toi-même Braschi, Pontife voyageur ! (28)
Comme, dans le transport de mon courroux vengeur,
Je vais avec plaisir, bannissant tout scrupule,
Décocher sur ton front les traits du ridicule !
Tu crus par tes travaux illustrer tes destins,
Et je veux te noyer dans tes marais pontins (29) :
Je veux, te dénonçant à l'Italie entière,
Te faire cheoir enfin du trône de saint-Pierre.
Autrefois Carlostad, chanoine ainsi que moi (30),
Se moqua hautement de ton joug et de toi,
Et . maudissant l'erreur que ton cœur déifie
Se livra tout entier à la philosophie.
Théiste irréprochable, il n'adora qu'un Dieu,
Et dit à la Légende un éternel adieu,
J'imite Carlostad, et, pour attraper Rome,
De fourbe que j'étois, je deviens honnête homme.
Carlostad, ennemi de tout dogme chrétien,
A formé, quoique prêtre, un conjugal lien
Avec une beauté naïve intéressante.
Illustre Rosalba, ta grace est ravissante,
Et je n'ai pu te voir sans connoître l'amour.
Pour tes appas je brûle, et je veux, à mon tour,
Si d'accepter ma main tu me fais la promesse,
Sans implorer l'aveu d'un marmotteur de messe,
M'enchaîner avec toi par un nœud immortel ;
L'amour sera le prêtre, et ton sein, mon autel.
Pour adoucir l'horreur de mon destin funeste,
Ce parti, je l'avoue, est le seul qui me reste,
Le seul qui puisse enfin me soustraire au tombeau.
Veux-tu de l'Hyménée allumer le flambeau ?

Si je le veux, répond la princesse romaine !
Je n'appartiens qu'à toi : mon cœur est ton domaine ;
Et l'amour, de l'hymen t'a donné tous les droits.
Veuve, et depuis long-temps, maîtresse de mon choix ;
De nombreux courtisans dont l'essaim m'importune,
Convoitent à l'envi ma main et ma fortune :
Mais seul tu règneras sur mon esprit charmé,
Et l'on est plus que pape alors qu'on est aimé.
Un pape aime à tromper, les femmes sont fidelles :
Son génie est de feindre, et dans ses mains cruelles
Si l'anneau du pêcheur a scellé des forfaits,
L'anneau que je te donne est un gage de paix.

Elle dit, et la main de la romaine Omphale
Passe au doigt du héros la bague nuptiale.
Que de baisers alors donnés, reçus, rendus !
Dans les bras l'un de l'autre abymés, confondus ;
Comme ils font succéder, en ce moment prospère ;
Les caresses d'amour aux rigueurs du saint-pere !
Mais, ô prodige affreux qu'ils ne prévoyoient pas !
Mauri possède en vain les plus charmants appas ;
Ce héros de Vénus que le Dieu du mystère
Couronna tant de fois des palmes de Cythère,
Cet invincible athlète expire de langueur,
Et ne retrouve plus sa première vigueur.
Quel coup pour une amante en proie à sa tendresse !
Et quel affront sur-tout pour l'auguste princesse !
Pour faire cependant revivre les amours,
Aux philtres irritants elle a soudain recours,
Et du brûlant chervi la tige potagère (31)
Que portoient les Germains en tribut à Tibère ;
Et le lézard ud Caire, aliment flatueux (32),

Qui verse dans les gens les sucs spiritueux,
Et le salep, qui croît sur l'Indien ......,
Tout par elle, aussitôt, tout est mis en usage :
Elle joint à ces dons broyés avec le miel
Sur les roses pompé par les filles du ciel,
Tous les mets délicats, à formes rondelettes,
Que, pour leurs directeurs, pétrissent les nonettes.
Rien ne peut ranimer le héros languissant ;
La fureur le suffoque, et, lion rugissant,
De courroux et de pleurs les paupières chargées,
Il meurt, comme Ververt, sur un tas de dragées.

FIN DU POËME.

D

N O T E S.

(1) CE présent de Bernis ravissoit tous les yeux.

A peine la gravure de l'abbé Mauri a été mise
en vente dans la capitale de la France, que M.
le cardinal de Bernis en a fait venir à Rome
deux exemplaires des plus soignés, et avant la
lettre, le pape lui en a demandé un que son
éminence lui a accordé; il a fait présent de
l'autre à mesdames. Après avoir fait encadrer
magnifiquement le portrait du député de Péronne,
le saint-père a ordonné qu'il fût placé dans la
salle d'audience du Vatican, où jusqu'à-présent
celui d'aucun souverain n'avoit joui de cet honneur. On assure même que le pape a offert à l'abbé Mauri un logement dans le Vatican même,
brûlant de posséder en même temps et le portrait
et l'original. L'abbé Mauri, dont on connoît la
modestie, a remercié sa sainteté, et il a mieux
aimé accepter un appartement dans le palais
du cardinal Zélada, premier ministre du pape.

(2) L'effroi des colporteurs et l'amour du saint-père.

L'abbé Mauri, ayant rencontré dans le cu-de-
sac Dauphin un colporteur qui crioit : grand
tumulte par l'abbé Mauri, le saisit au collet,
et, après avoir donné et reçu plusieurs coups de
poing, il le conduisit au district voisin, où il
demanda et obtint justice contre lui. Le jour de
cette grande victoire, la seule que l'abbé Mauri

ait remportée, durant la révolution ; fut le 8
novembre 1790. L'abbé Mauri ayant toujours été
terrassé par les philosophes et les bons orateurs
de l'assemblée nationale , cette grande victoire
prouve qu'il a plus de force dans le poignet que
dans le génie ; et que son robuste physique l'emporte de beaucoup sur son moral. Cet évènement
a fourni à M. Prud'homme le sujet de l'estampe
qui est à la tête du N°. 72, de ses révolutions de
Paris , et M. l'abbé Mauri doit sans doute des
remercîments à M. Prud'homme.

(3) Voici l'homme éminent.

Le pape a désigné l'homme à qui il réserve ,
IN PETTO, le chapeau de cardinal par ces deux
mots : VIR EGREGIUS , et je n'ai pas cru pouvoir
les rendre mieux que par , voici l'homme éminent ,
puisque tous les cardinaux portent le titre d'éminence. Virgile voulant peindre un bouc vigoureux ,
robuste , mari du troupeau , exprime son idée
par ces mots : VIR GREGIS , et il est bien plaisant
que la Rome moderne donne à l'abbé Mauri
à-peu-près les mêmes qualifications , que la Rome
ancienne n'auroit pas pu lui refuser.

(4) Les princes de l'église , abaissant leur orgueil.

Il est certain que le pape et les cardinaux ont
fait à l'abbé Mauri l'accueil le plus gracieux et
le plus flatteur ; mais il n'en a pas été de même
du peuple, qui n'est pas toujours d'accord avec
le pape et les cardinaux. A peine même a-t-il
eu fait son entrée dans Rome , qu'il lui est ar-

rivé une aventure assez désagréable , et voici
comment les auteurs de la gazette universelle
la racontent, dans les feuilles du 7 janvier de
cette année.

» L'entrée de M. l'abbé Mauri devoit être un
triomphe : des prélats, des éminences devoient
aller au devant de lui, et lui faire cortège ; mais
il est arrivé plutôt qu'on ne le croyoit, et par
une fatalité singulière, son entrée n'a été remar-
quable que par les sifflets, qui l'ont accompagné
depuis la porte de la ville jusqu'à l'hôtel où il
loge. Voici ce qui a donné lieu à cet attentat du
peuple romain : M. l'abbé Mauri , pour tromper
les ennuis du voyage , ou plutôt pour ne pas
perdre un seul de ces moments précieux qu'il
emploie si bien à la défense du trône et de l'autel ,
avoit dans sa voiture une espèce de table couverte
de papiers et de livres, et lisoit avec une attention que les sifflets même ne purent distraire ; le
peuple , qui ne savoit pas que c'étoit là un des
plus illustres docteurs de l'église , le prit pour
un de ces docteurs qui courent les rues de Rome
pendant le carnaval , tenant un gros livre à la
main , et débitent des opinions sur les trottoirs :
voilà la cause de cette étrange réception, qui n'a
été sensible à l'illustre abbé que parce qu'il a cru
être encore à Paris.

L'accueil que lui a fait la cour romaine , a dû
bientôt lui faire oublier un de ces petits désagréments
auxquels d'ailleurs il est aguerri. Le cardinal Zélada,

secrétaire d'état, lui a prêté son hôtel, et le saint-père a permis que les carrosses sanctissimes fussent à ses ordres. Aucun français n'a été traité d'une manière si distinguée, pas même les évêques, qui ont tout perdu, pour conserver dans leur intégrité les droits du saint-siège. »

La gazette universelle étant une des plus impartiales, et des mieux instruites sur tout ce qui se passe à Rome et dans le reste de l'Italie, j'y ai souvent puisé les faits qui servent de base à mon poème.

(5) Jeune encor se montrant l'émule de Bridaine.

M. l'abbé Mauri, dit Marmontel dans ses éléments de littérature, nous a rapporté de mémoire un morceau du missionnaire Bridaine, morceau à côté duquel tout paroît foible en éloquence. M. Marmontel insinue, à la vérité, que la mémoire de l'abbé Mauri peut avoir été un peu officieuse pour M. Bridaine ; mais qu'importe ? le morceau de Bridaine est vraiment admirable ; il fut prononcé à Saint-Sulpice en 1751 ; l'élite de la capitale eut la curiosité de l'entendre ; et l'église étoit remplie d'évêques et de grands seigneurs ; voyez ce morceau dans les éléments de littérature de Marmontel. J'y ai entr'autres remarqué cette phrase: Hé ! qu'ai-je besoin de vos suffrages qui me damneroient peut-être sans vous sauver, dit Bridaine, par l'organe de l'abbé Mauri, aux grands et aux nobles ? M. l'abbé Mauri est damné à coup sûr ; car, depuis ce moment, il a bien cherché à capter leurs suffrages. On doit se rappeler entr'autres la réponse qu'il a faite à M. d'Artois lorsqu'il alla à Coblentz pour lui rendre visite : » je vous trouve bien engraissé , lui dit M. d'Artois , depuis la révolution ». Et vous , monseigneur , je vous trouve bien grandi , lui répondit l'abbé. Horace louoit Auguste , ce me semble , avec plus de finesse et de grace. Quoiqu'il en soit, cette réponse a fait fortune en Allemagne , et n'est pas trop mauvaise pour un missionnaire. Les liaisons qu'a eues l'abbé Mauri avec le missionnaire Bridaine m'ont engagé à l'appeler l'élève de Bridaine.

(6) A ce grand orateur je dois ouvrir la bouche.

Lorsque le pape a créé un cardinal , ce cardinal n'a point encore le droit de parler dans les assemblées jusqu'à ce que le pape , dans un consistoire particulier , ait fait la cérémonie de lui fermer ou de lui ouvrir la bouche ; c'est en lui mettant les doigts sur les lèvres de telle ou telle manière que cette cérémonie se fait : un cardinal cependant ne reste guères qu'une quinzaine de jours la bouche fermée ; ce terme expiré, le pape la lui ouvre , en lui disant certaines paroles sacramentelles ; le cardinal , à qui ces paroles donnent la science infuse , ne peut plus rien dire que d'après l'inspiration du saint-esprit , et il ne lui échappe pas un mot qui ne soit un oracle.

Si , par hasard , le pape vient à mourir dans le temps que le cardinal a la bouche fermée ,

celui - ci ne peut pas être élevé à cette dignité ;
et il n'a que le droit de donner sa voix pour
l'élection.

(7) Loménie est un traître, objet de mon courroux.

On sait que M. Loménie de Brienne, a donné
sa démission de sa dignité ecclésiastique, et qu'il
a troqué son chapeau de cardinal, contre le bonnet
de la liberté ; ce n'est pas le renvoi de cet auguste
chapeau qui a le plus offensé le saint-père ; mais
le serment civique légalement et sagement prêté
par cet ex-cardinal philosophe. M. Loménie de
Brienne a dit dans sa lettre au pape : qu'il n'a
rien trouvé dans toute la constitution qui choque
ouvertement les vérités de la foi catholique ou
les principes de la conscience. Cette lettre est un
modèle de sagesse, de modération et de civisme,
et la réponse du saint-père est remplie d'in-
vectives grossières et de fanatisme. Voyez - la
dans la gazette universelle, du mois d'octobre
1791.

(8) Pour fabriquer des brefs, pour forger mainte
bulle.

On assure que M. l'abbé Mauri a composé la
bulle par laquelle le saint-père doit nous excommunier. L'abbé Mauri est devenu le faiseur
ou teinturier du saint-père, et lorsque cette bulle
paroîtra, si, par hasard, le pape dit à quelqu'un :
vous n'avez donc pas lu ma bulle ? on pourra
lui répondre comme Piron à l'archevêque de Paris :
et vous, très-saint-père ?

(9) Pallota, Cornaro, d'Herzan, Antamori.

Ces quatre cardinaux sont de la création de **Pie
VI**. On dit qu'ils sont pleins de respect et d'admiration pour l'abbé Mauri, et que chacun d'eux
lui donnera sa voix pour être pape, si jamais il
a le bonheur de devenir cardinal.

(10) Gerdil se lève alors : c'est un sage vieillard.

Gerdil est un des plus vieux cardinaux, il est
né, le 23 juin 1718, il a été barnabite, et a publié
plusieurs ouvrages remplis d'érudition ; c'est un
esprit modéré, et ami de la paix et de la concorde ;
il n'a sûrement jamais parlé au saint-père comme
je le fais parler ici, mais comme la poésie vit de
merveilleux, j'ai cru pouvoir supposer qu'un cardinal est philosophe.

(11) Fut vaincu tant de fois par le jeune Barnave.

Je ne parle pas ici de Barnave, tel qu'il étoit
à la fin de l'assemblée constituante ; mais tel qu'il
étoit au commencement.

(12) Enclin à la colère autant qu'au despotisme.

J'ai demandé plusieurs fois à Rome des rensei-
guements sur le caractère de **Pie VI**, et tout le
monde s'est accordé à me dire qu'il est violent,
entêté, colère, et qu'il s'emporte même quelquefois jusques à battre les personnes qui le servent.

(13) De prédicants formés par Rabaut le ministre.

M. Rabaut, député à l'assemblée constituante,
est un des hommes que le saint-père hait le plus,

non-seulement parce qu'il est protestant ; mais parce qu'il est philosophe.

(14) Vainement ils ont dit que pour ses huit cents fermes.

Tout le monde connoît les huit cents fermes que possédoit jadis l'abbé Mauri ; lui-même en a fait un jour l'énumération, dans l'assemblée nationale constituante.

(15) Et Ségur, qui venoit en signe d'alliance.

M. de Ségur, aussi recommandable par ses talents que par sa probité, avoit été nommé par le roi pour remplacer à Rome le cardinal de Bernis, et le pape n'a jamais voulu reconnoître ni même recevoir ce citoyen estimable ; ses gens qui l'avoient précédé dans la ville sainte ont été insultés et obligés de retourner en France. Quelle conduite de la part d'un souverain aussi foible que l'évêque de Rome, et quelle pitié ne doit-elle pas inspirer ! Lui, oser donner un coup de pied à la France, le plus puissant des empires ! la Fontaine nous a appris comment ce coup de pied s'appelle.

(16) Aille passer la nuit avec Cagliostro.

J'étois à Rome, lorsque l'infortuné Cagliostro a été arrêté sans aucune forme de procès, et conduit au château saint-Ange ; j'y étois lorsque, le même jour, on a arrêté le père Joseph de saint-Maurice, capucin, et un jeune peintre français nommé BELLE. M. Belle et le père Joseph n'étoient pas plus coupables que Cagliostro ; heureusement pour M. Belle qu'il a eu le temps de se sauver. Le capucin est détenu et le sera à jamais peut-être. Quelle indignité ! quelle horreur ! je travaille à un voyage d'Italie où je raconterai plus en détail l'histoire de ces actes d'iniquité ; on y verra comment j'ai failli être arrêté moi-même et conduit au château saint-Ange, uniquement, parce que j'étois patriote et ami de la révolution françoise, et peut-être alors sera-t-on moins étonné de ce que, dans la plupart de mes écrits, je cherche à me venger par des plaisanteries, des sérieuses hostilités du très-saint-père.

(17) Sur le doux flageolet du cygne de Modène.

Ce cygne de Modène est Alexandre Tassoni que j'ai invoqué au commencement de ce poème ; il étoit né à Modène, et s'est rendu immortel par son charmant ouvrage intitulé : la Secchia Rapita.

(18) Vous savez que Pasquin d'une antique statue etc....

Pasquin, dans l'origine étoit un savetier, espèce de bel esprit qui rassembloit les passants autour de sa boutique, et les égayoit par des bons mots et des contes ingénieux. On a placé, depuis, auprès de sa maison, le tronc d'une vieille statue, sur lequel les romains, qui sont naturellement satyriques, attachent, durant la nuit, les réponses que Pasquin est supposé faire à Marforio, autre vieille statue placée près du Capitole Parmi. Les personnes qui ont été à Rome et même parmi celles qui n'y ont pas été, il n'en est aucune peut-être qui ne connoisse Pasquin et Marforio , mais il n'en est pas beaucoup qui sachent que Pasquin étoit savetier, et voilà pourquoi j'ai cru devoir faire cette note.

(19) Que la trompette infime a porté jusqu'à moi.

On sait que la renommée a deux trompettes ; Voltaire au moins lui en a donné deux dans le poème de la pucelle , et elle ne doit pas employer celle qu'elle tient à la bouche , lorsqu'il est question de l'abbé Mauri.

(20) D'être un peu philosophe et de ne croire à rien.

J'ai vu deux ou trois fois l'abbé Mauri , chez M. d'Alembert, avant qu'il fût de l'académie française ; il affichoit alors l'incrédulité, et il est devenu croyant depuis la révolution : tout cela n'a rien de bien surprenant ; les huit cents fermes ! les huit cents fermes !....

(21) C'est un Dieu qu'il faut croire et non pas vos maximes.

C'est en quelque sorte ma profession de foi que j'ai voulu faire dans ces vers, et dans les quinze ou seize vers qui suivent. La croyance d'un Dieu rémunérateur et vengeur ; l'amour de l'ordre et sur-tout l'amour du prochain, voilà quelle devroit être la religion de tous les honnêtes gens , et voilà quelle est la mienne. Ce n'est point le dogme qui engage les hommes à se bien conduire ;

c'est la morale, et la morale, quoi qu'en disent les prêtres, n'est fondée que sur l'amour bien ordonné de soi-même et sur l'amour du prochain. On n'a pas besoin de la messe pour inspirer ces sentiments ; la nature les a gravés dans le cœur de tout être sensible, et les cérémonies du catholicisme ne font qu'égarer le peuple, au lieu de le rendre heureux. Hé quoi ! me dira-t-on peut-être, vous tenez à l'existence de Dieu, chimère antique et méprisée ! Oui, j'y tiens, et j'espère bien y tenir, toute ma vie, non pas comme à une chimère ; mais comme à une vérité qui m'est démontrée par l'ordre admirable qui règne dans les éléments et dans la nature entière. Les Athées, à ces mots, se riront de moi, et me traiteront de capucin, et moi, je plaindrai les Athées sans les dénoncer, et je leur dirai en leur montrant le ciel, regardez et jugez-moi.

(22) Ils arrivent suivis du peuple Camerier.

On donne à Rome le nom de CAMERIER à presque tous les valets de chambre, et les valets de chambre et autres sont en si grand nombre à Rome, que j'ai cru pouvoir dire : le peuple Camerier.

(23) D'un père vénérable une imparfaite image.

L'abbé Mauri est, dit-on, le fils d'un savetier de Valréas, et en le rappelant ici, mon intention n'a pas été de lui reprocher sa naissance. Ce rapprochement de la profession de son père avec celle de Pasquin est née des circonstances

et du sein même de mon sujet ; il s'est présenté
à moi, sans que je le cherchasse, et j'ai cru
pouvoir en profiter.

(24) De ce pape inconstant si bien nommé Margot!

Une pie en France est appelée margot, et c'est
par allusion au nom de Pie VI que j'ai fait ce
vers ; j'avoue qu'il est fondé sur un jeu de mot,
et qu'il est par conséquent d'assez mauvais goût ;
j'aurois dû le retrancher, d'après la critique de
quelques personnes. J'observerai cependant qu'ayant
mis ce vers dans la bouche de l'abbé Mauri, j'ai
eu plus de raisons de le conserver que de le
supprimer. L'abbé Mauri n'est point l'ennemi des
jeux de mots ; on a pu le voir par la réponse
qu'il a faite à M. d'Artois, et que j'ai consignée
dans la note 5 de ce poème. Ce jeu de mot n'est
pas le seul dont l'abbé Mauri doive s'enorgueillir,
il en a dit un autre que voici, et qui a fait fortune à Paris, non pas chez les amis de l'assemblée constituante, mais chez ses ennemis. Il y
avoit dans cette assemblée un très-honnête député nommé Bouche. Ce député n'ayant pas
été toujours du même avis que l'abbé Mauri, ce
dernier a souvent dit en parlant de lui ; cette
bouche parle comme un C..... On connoît d'ailleurs le goût des poètes Italiens pour les concetti ;
ces poètes sont remplis de génie, et personne
ne les admire plus que moi ; leurs ouvrages
sont déparés cependant par des trivialités, et
l'abbé Mauri, se trouvant dans leur pays natal,
pouvoit-il faire autre chose que d'imiter ce qu'ils

ont de mauvais ? son amour pour les concetti et pour les préjugés et les erreurs de tous les genres, me rappelle le mot qu'a dit un homme de beaucoup d'esprit en parlant de lui, Mauri est le Jupiter d'Homère, qui rassemble à sa voix tous les nuages.

(25) Et l'étrillant d'abord finit par la brûlure.

Ce vers fait allusion à un évènement très-connu, dont toutes les gazettes et tous les journaux ont retenti. Quelques patriotes français, indignés de ce que le saint-père menaçoit continuellement la France de l'excommunier, et de lancer contre elle les foudres du Vatican, M. de Saint-Huruge fit faire un mannequin qui représentoit le pape au naturel, et après l'avoir fessé en plein midi, au milieu du palais royal, il le jeta dans un bûcher allumé par ses ordres, et j'ai eu le plaisir moi-même de voir brûler l'effigie du pape; ce qui ne veut pas dire que j'eusse désiré de voir brûler l'original. Il ne faut brûler ni tuer personne illégalement, pas même les papes et les cardinaux.

(26) Le malheureux Jean-Hus par son ordre grillé,
Et le comte Raymond durement étrillé.

Tout le monde se rappelle l'horrible jugement porté par le concile de Constance contre le malheureux Jean-Hus, natif de Hus en Bohème. Ce concile le fit brûler vivant, après avoir fait brûler ses livres, et cette punition lui fit infligée, parce que, ferme dans ses principes, il ne voulut point les retracter. « Qu'on m'enseigne, disoit-il, » quelque chose de meilleur, et je suis prêt à faire ce qu'on exigera de moi; je vous supplie, en attendant, de ne pas me forcer à blesser ma con-science et à mettre en danger mon salut éternel.« discours inutile ! vaine réclamation ! le saint-esprit vouloit qu'il fût rôti, et il le fut. N'est-ce pas encore le saint-esprit qui, par les mains d'Innocent III, fit excommunier et fesser publiquement le brave Raymond VI, comte de Toulouse, parce qu'il protégeoit les honnêtes Albigeois ? et finiroit-on hélas ! si l'on vouloit raconter tous les crimes du saint-esprit ?

(27) Fanatique Hildebrand, sanguinaire Alexandre.

C'est d'Alexandre VI, et de Grégoire VII, que j'ai voulu parler ici ; il suffit de les nommer pour avoir l'idée de tout ce qu'il y eut de plus cruel sur la terre, et ces deux hommes furent d'autant plus dangereux, et sont d'autant plus cou-pables qu'ils avoient l'un et l'autre du génie pour le gouvernement, et qu'ils auroient pu faire le bien s'ils l'avoient voulu.

(28) Et toi-même Braschi, pontife voyageur.

On prétend que Nostradamus a prédit le voyage de Pie VI, dans une de ces centuries; mais ce qu'il n'a pas dit, c'est que l'Europe entière s'est bien moquée de ce voyage, et que l'empereur Joseph II s'est bien moqué du voyageur.

(29) Et je veux te noyer dans tes marais Pontins.

Le dessèchement des marais Pontins étoit sans doute une belle entreprise ; mais elle n'a point réussi ; mais on croit qu'elle ne réussira jamais , et le pape , en la faisant , a bien moins songé au bonheur du peuple qu'à enrichir un de ses neveux.

(3o) Autrefois Carlostad, chanoine ainsi que moi.

André Rodolphe Carlostad, chanoine archidiacre, professeur de théologie , possédant presque autant de bénéfices que l'abbé Mauri , fut un des premiers ecclésiastiques d'Allemagne, qui préférant les lois de la nature à celles du papisme, se maria publiquement; il ajouta à ce bon exemple celui de se faire laboureur. Il avoit beaucoup de disciples , à qui , jusqu'à ce moment , il avoit prêché les dogmes absurdes et pernicieux de l'église romaine ; il y renonça, un beau matin , leur conseilla de brûler tous leurs livres de théologie, tous leurs livres même d'érudition profane, et ne leur prêcha que la loi naturelle ; il cessa d'être prêtre enfin , et devint citoyen et philosophe.

(31) Et du brûlant chervi la tige potagère.

Le chervi est une plante potagère dont les racines sont d'un usage assez commun dans les provinces méridionales de France et en Italie. L'Éméri prétend dans son traité des drogues qu'elle est vulnéraire , apéritive , et qu'elle excite à l'amour. Le médecin Venette est , à peu-près , du même avis, et quelques historiens de l'antiquité assurent que Tibère , le plus lascif des empereurs , en exigeoit des allemands un certaine quantité en forme de tribut , pour se rendre plus vigoureux avec ses concubines.

(32) Et le lézard du Caire, aliment flatueux.

Le lézard du Caire, autrement appelé zinc marin, ou crocodile terrestre, a encore une vertu particulière pour augmenter la semence, et le salep ou salop, connu en France sous le nom d'Orchis partage cette merveilleuse qualité avec le lézard du Caire. Heureux qui peut trouver une Rosalba et faire usage avec elle de ces doux poisons !

P. S. Comme il ne faut rien oublier, si l'on peut, quand il s'agit d'un homme aussi intolérant que l'abbé Mauri, voici quatre vers que M. Rivarol a composés en son honneur, et pour être mis sous son portrait. M. Rivarol, qui, depuis long-temps est en possession de caractériser les grands hommes, se propose sans doute d'insérer ces quatre vers dans la nouvelle édition de son petit almanach :

Auguste défenseur de notre auguste foi,
Redoutable ennemi des ennemis du trône,
Quand la France te hait, l'univers te couronne.
Quelle honte pour elle et quel honneur pour toi !

Et voici comment M. Alexandre Courtois a parodié ces quatre vers :

Sinistre défenseur d'une imbécille foi,
Redoutable ennemi des ennemis du trône,
Quand la France te hait, l'univers te couronne.
Quelle honte pour elle, et quel honneur pour toi !

F I N.